D'AUTRES COMPLIMENTS POUR MINI-SOURIS!

« Hardie, futée... Mini-Souris est ici pour de bon. »
— The Horn Book Magazine

« Les jeunes lecteurs tomberont sous le charme. »
— Kirkus Reviews

« Le duo créatif frère-sœur frappe dans le mille avec humour et fraîcheur. Leurs personnages sont si authentiques qu'on croirait de vrais enfants. »
— Booklist

« Mini-Souris est audacieuse et ambitieuse, même si elle met parfois les pieds dans le plat. »
— School Library Journal

Ne manque surtout pas les autres Mini-Souris!

Déjà parus :

N° 1 Mini-Souris : Reine du monde

N° 2 Mini-Souris : Notre championne

N° 3 Mini-Souris : À la plage

N° 4 Mini-Souris : Vedette rock

N° 5 Mini-Souris : Brise-cœur

N° 6 Mini-Souris : Campeuse étoile

N° 7 Mini-Souris : Sur ses patins

N° 8 Mini-Souris : Un amour de chiot

MINI-SOURIS

UN AMOUR DE CHIOT

JENNIFER L. HOLM ET MATTHEW HOLM

TEXTE FRANÇAIS D'ISABELLE ALLARD

Éditions
SCHOLASTIC

Ce livre est une œuvre de fiction. Les noms, personnages, lieux et incidents mentionnés sont le fruit de l'imagination des auteurs. Toute ressemblance avec des personnes, vivantes ou non, ou avec des évènements ou des lieux réels est purement fortuite.

Catalogage avant publication de Bibliothèque et Archives Canada

Holm, Jennifer L.
[Puppy love. Français]
Un amour de chiot / auteure, Jennifer L. Holm ; illustrateur, Matthew Holm ; traductrice, Isabelle Allard.

(Mini-Souris ; no 8)
Traduction de : Puppy love.
ISBN 978-1-4431-4351-6 (couverture souple)

I. Romans graphiques. I. Holm, Matthew, illustrateur II. Allard, Isabelle, traducteur III. Titre. IV. Titre : Puppy love. Français. V. Collection : Holm, Jennifer L. Mini-Souris ; no 8.

PZ23.7.H65Amo 2015 j741.5'973 C2014-906191-9

Édition publiée par les Éditions Scholastic, 604, rue King Ouest, Toronto (Ontario) M5V 1E1 avec la permission de Random House Inc.

5 4 3 2 1 Imprimé au Canada 140 15 16 17 18 19

MIXTE
Papier issu de sources responsables
FSC® C103567

IL EST SUPER!
POUR LE VÉTÉRINAIRE, DR FACTOR

LE MEILLEUR AMI DE L'HOMME.

OUAF!

JE PEUX TOUJOURS COMPTER SUR TOI!

VA CHERCHER DE L'AIDE!
OUAF! OUAF!

SPROING!

VRRRRRRRR!

VRRRRRRRR!
OUAF! LÀ-BOUAF!

TU ES LE MEILLEUR AMI QU'UNE FILLE PUISSE AVOIR!

C'ÉTAIT UN BON POISSON, MINI-SOURIS.

AU DÉJEUNER.
APRÈS L'ÉCOLE, ON IRA À L'ANIMALERIE ACHETER UN NOUVEAU POISSON.

OUI, MAMAN.

COMBIEN DE POISSONS ONT HABITÉ DANS CE BOCAL, MINI-SOURIS?

PEUT-ÊTRE QUE TU NE DEVRAIS PLUS AVOIR DE POISSONS, MINI-SOURIS.

PLUS TARD.

UN AUTRE POISSON MORT?
OUAIS.
ÉCOLE

LES NOURRIS-TU TROP?
QUE VEUX-TU DIRE?

SI ON LEUR DONNE TROP À MANGER, ILS MEURENT.

IL Y A QUELQUES JOURS.
TCHIC
TCHAC

OH.

DRRRINNNNNGGGG!
À PLUS TARD.

MIAOU! MIAOU!

HEIN?
MIAOU! MIAOU!

VIENS, PETIT MINOU!
MIAOU! MIAOU!

SUPER! POURQUOI AVOIR
N POISSON QUAND ON PEUT
AVOIR UN CHATON?

HEU, MINI-SOURIS?

MIAOWWW!

AAAAAAAAAAAAHHHHHH!
ZOUM!
POUR UNE FOIS, TU N'ES PAS EN RETARD, MINI-SOURIS.

COURS DE SCIENCES
COCHON
ZZZZZ
LES COCHONS SONT DES ANIMAUX PUANTS BLA BLA BLA...

LE PETIT MONDE DE CHARLOTTE

WILBUR

ET SI J'AVAIS UN COCHON MINIATURE?

LA LA LA! JE SUIS UN COCHON CONTENT! GROUIN GROUIN!

ALLÔ, MINI COCHON!
?

AAAAAHHHH!

C'EST TA MEILLEURE AMIE, MINI COCHON!
QUEL EST LE PIRE : ÊTRE AMIE AVEC UNE ARAIGNÉE OU ÊTRE UN COCHON?
!

OH NON, MINI COCHON! PAPA VA TE TUER!
ZIP!

QUELLE SORTE DE LIVRE D'ENFANT EST-CE DONC?
EN FAIT, C'EST UN CLASSIQUE.

NE T'EN FAIS PAS, MINI COCHON. J'AI UN PLAN.
JE L'ESPÈRE BIEN. JE NE VEUX PAS FINIR DANS UNE ASSIETTE.

TOUTE LA NUIT, CHARLOTTE L'ARAIGNÉE TISSE SA TOILE.

LE LENDEMAIN.

QUEL COCHON À LA QUEUE CROCHE
ÉVIDEMMENT.

APRÈS L'ÉCOLE.

ANIMAUX DE
TOUT POIL

OR-DI-NAIRE.
GLOU
GLOU
POISSON

OUAF!
OUAF!

YIP!
YIP!
DES CHIOTS! COMME ILS SONT MIGNONS!
OUAF!

TU VEUX UN CHIEN?
TOUS LES ENFANTS VEULENT UN CHIEN!
CHARLIE BROWN ET SNOOPY
MICKEY ET PLUTO

ÉMILIE
ET
CLIFFORD
CALVIN
ET
HOBBES
HEU, MINI-SOURIS? HOBBES N'EST PAS UN CHIEN, MAIS UN TIGRE.
OH. ENFIN TU VOIS CE QUE JE VEUX DIRE.

MAMAN, JE PEUX AVOIR UN CHIOT?

NON, MINI-SOURIS.

JE NE VEUX PAS UN AUTRE POISSON IDIOT! ON NE PEUT PAS LE TENIR NI JOUER AVEC.

COMMENCE DONC PAR UN ANIMAL PLUS PETIT, COMME UN HAMSTER!

UN HAMSTER?

IL EST SI MIGNON!

QUE SAIS-TU DES HAMSTERS, MINI-SOURIS?
ALIMENTS POUR HAMSTER
COMMENT PRENDRE SOIN D'UN HAMSTER
J'AI ACHETÉ UN LIVRE!

CE SOIR-LÀ.

COMMENT VAS-TU APPELER TON HAMSTER, MINI-SOURIS?

TRÈS ORIGINAL.

TRÈS BIEN, LE GÉNIE. COMMENT L'APPELLERAIS-TU, TOI?

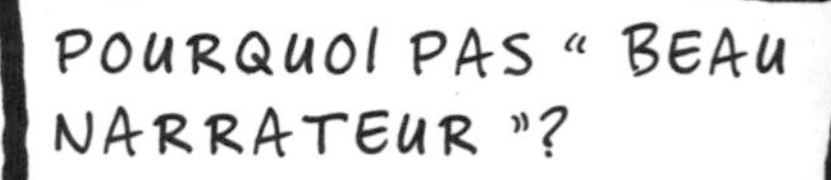

TIENS, HAMI!
ALIMENTS POUR HAMSTERS

ALIMENTS POUR HAMS

LES PETITS GÂTEAUX SONT PRÊTS!
OH! DES GÂTEAUX! J'ARRIVE!

DÉSOLÉ DE TE DIRE ÇA,
MAIS JE M'Y ATTENDAIS.

HAMI!
HAMI!
HAMI!
HAMI!
HAMI!
HAMI!
HAMI!

HAMI!

ALORS? L'AS-TU TROUVÉ?
ZIP
ZIP

C'EST INCROYABLE QUE JE L'AIE PERDU!
EN EFFET. IL A DURÉ QUATRE HEURES. C'EST UN RECORD.

LE LENDEMAIN MATIN.
J'ESPÈRE QU'HAMI N'A PAS ÉTÉ MANGÉ PAR UN VILAIN CHAT.
VITE, MINI-SOURIS! JE VOIS L'AUTOBUS!
BEURP!
BUBULLE N° 4

L'APRÈS-MIDI.
OUVERT
ANIMAUX DE TOUT POU
PAS DE CHIEN, MINI-SOURIS. QUELQUE CHOSE DE PETIT.
ALIMENTS POUR TORTUE
COMMENT PRENDRE SOIN D'UNE TORTUE
UNE TORTUE, HEIN?
LE VENDEUR DIT QUE LES TORTUES SONT DES ANIMAUX FASCINANTS.

TRÈS FASCINANT, EN EFFET, MINI-SOURIS.

ELLE VIENT JUSTE D'ARRIVER!

LE LENDEMAIN.
OUAHH!

VOICI DE LA LAITUE.

VIDE

ENCORE?

LE LENDEMAIN.
ANIMAUX DE TOUT POIL
COMMENT PRENDRE SOIN D'UN FURET
NOURR
POUR
NON!
AUCUN FURET
LE JOUR D'APRÈS.
ALIMENTS POUR SALAMANDRE
COMMENT PRENDRE SOIN D'UNE SALAMANDRE
NON!
PAS DE SALAMANDRE

ET LE JOUR D'APRÈS.
POUR
PRENDRE SOIN D'UN BERNARD-L'ERMITE
NON!
COQUILLE VIDE
ET LE JOUR D'APRÈS.
DIONÉE GOBE-MOUCHE POUR DÉBUTANTS
MOUCH
NON!
PARTIE
TU VOIS CE QUE JE VEUX DIRE.
GUIDE D'ÉLEVAGE D'ARTÉMIAS
NOURRITURE POUR ARTÉMIAS
NON!
VIDE

OÙ SONT-ILS TOUS ALLÉS, MINI-SOURIS?
AUCUNE IDÉE!

LE LENDEMAIN À MIDI.
CRUNCH
FRRRR
LE GRAND NATIONAL
ANIMAUX DE COMPAGNIE
POISSON
BERNARD-L'ERMITE
?
CRUNCH
CRUNCH
FRRRR
LE GRAND NATIONAL
OH! UN CHEVAL!
ANIMAUX DE COMPAGNIE

Quelque part dans la campagne anglaise…

ALLEZ, ESPOIR!
... une fille et son cheval galopent vers la victoire.

HOP!

HOLÀ!

FLOUP!

POUDING

OUPS!
POUDING
SPLOUCH!

BON. PEUT-ÊTRE PAS UN CHEVAL.
POUDING

PLUS TARD.
POURQUOI PAS DES FOURMIS?

DES FOURMIS?

OUI! REGARDE!

AMUSANT!
FOURMILIÈRE
SEULEMENT 12,95 $ + FRAIS D'EXPÉDITION

OOOH!

OH! MAIS MAMAN NE VEUT PLUS DÉPENSER D'ARGENT POUR DES ANIMAUX QUE JE PERDS TOUT LE TEMPS.

JE PEUX FABRIQUER LA FOURMILIÈRE ET ON TROUVERA LES FOURMIS DEHORS.
YÉ! MERCI, FRED!

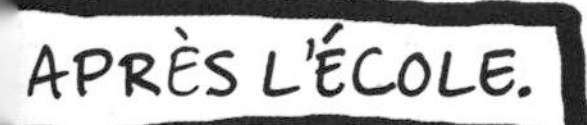
APRÈS L'ÉCOLE.

CE SOIR-LÀ.

AS-TU PARLÉ DES FOURMIS À TA MÈRE, MINI-SOURIS?

PAS ENCORE. MAIS ÇA VA. ELLE N'A PAS PAYÉ POUR CES ANIMAUX!

LE LENDEMAIN.
RRRON!
AÏE!
CROC!
OH, OH.
MINI-SOURIS!
JE SUPPOSE QUE TA MÈRE EST AU COURANT POUR LES FOURMIS, MAINTENANT, MINI-SOURIS.

UN PEU PLUS TARD.

HÉ, PITOU! ES-TU PERDU?

HUM. PAS DE COLLIER.

AS-TU FAIM?
?

FLOCONS
DE CÉRÉALES
LAIT

TIENS, MON CHIEN.

CRUNCH
SLEURP
CRUNCH

MAMAN! J'AI TROUVÉ UN CHIEN!

MINI-SOURIS...
MAIS IL EST PERDU!

ON **DOIT** S'OCCUPER DE LUI, HEIN, MAMAN?

JE SUPPOSE. MAIS, CE SERA **TON** CHIEN EN ATTENDANT QU'ON TROUVE SON PROPRIÉTAIRE. C'EST **TOI** QUI DEVRAS LE NOURRIR ET LE PROMENER. **TU** EN ES RESPONSABLE. **COMPRIS?**

ENTRE PAR UNE OREILLE
RESSORT PAR L'AUTRE

OUI! MERCI, MAMAN!

TU VAS ÊTRE BIEN ICI, MON CHIEN!

COMMENT VAS-TU APPELER CE CHIEN, MINI-SOURIS?
JE NE SAIS PAS. JE VAIS ESSAYER DES NOMS ET VOIR CE QU'IL AIME.
SLEURP
FOURMI
VIENS ICI, COPAIN!
HUM. ESSAYONS UN AUTRE NOM.

TU POURRAIS L'APPELER « BAVEUX ».

HUM. JE CROIS QUE JE PRÉFÈRE « COPAIN »!

CE SOIR-LÀ.
TU PEUX DORMIR SUR MON LIT, COPAIN.
PIED DU LIT
PLUS TARD.
RRRON!
RRRON!
JE VAIS T'ACHETER TON PROPRE LIT.

ZZZZZZZZZ...
CHAMPIONNATS
DU CLUB
CANIN
ARÉNA

ET VOICI UN SUPERBE NOUVEAU CONCURRENT : COPAIN!

COPAIN EST UN MÉLANGE PURE RACE LABRADOR-TERRIER-BOULEDOGU

LA PROPRIÉTAIRE DE COPAIN, MINI-SOURIS, L'ENTRAÎNE DEPUIS UN BON MOMENT.

LES JUGES COMPILENT LES RÉSULTATS...

LE MEILLEUR CHIEN DE L'EXPOSITION EST... COPAIN!
1er
C'EST TOUT UN CHAMPION QUE VOUS AVEZ LÀ.
1er
HÉ, QUELLE EST CETTE ODEUR?
SNIF
5

MINI-SOURIS, QUELLE EST CETTE HORRIBLE ODEUR?

LE LENDEMAIN MATIN.
OUAF!
OUAF!
JE T'AI SORTI À 5 HEURES DU MATIN!

OUAHH!

ZIP!

OUAF!
ZING!
SPROING!

AÏE! AÏE! AÏE!
WOUF! WOUF! WOUF
BAM! BAM! BAM!
JE NE VEUX PAS VOIR ÇA!
POUÊT!
POUÊT!
ZOUM!
POUÊT!
POUÊT!
POUÊT!
WOUF!
WOUF!
SCRIIIIIIII!
OUAF!
ZOUM!
OUAF!
OUAF!
PFFF.

PLUS TARD.
GROIN
GROIN
GROIN
GROIN
FRISOU SE FAIT TOILETTER TOUS LES JEUDIS.
FRISOU
C'EST POUR ÇA QUE SA FOURRURE EST SI JOLIE!
?

SCOUIIIIIC...

HAN!
PLOUF!

SCRITCH
SCRATCH

SPLOUCH!

FRRR
FRRR

VRRRRR...
CLIC!
PSCHIT!
FIXATIF
KEUF
KEUF
SCRICH
SCRICH
IFRICE
J'ADMETS QUE TON CHIEN EST BEAU QUAND IL EST PROPRE, MINI-SOURIS!
JE TE L'AVAIS DIT!

ZIP!

OUAF!
OUAF!
SCHLOUP!

TU AURAIS DÛ ACHETER UN POISSON, MINI-SOURIS. AU MOINS, TU N'AURAIS PAS À **LUI** DONNER DE BAIN.
OUAF!
OUAF!
PFFF.

LE LENDEMAIN MATIN.
VITE, MINI-SOURIS! TU VAS RATER L'AUTOBUS!
FROUCH

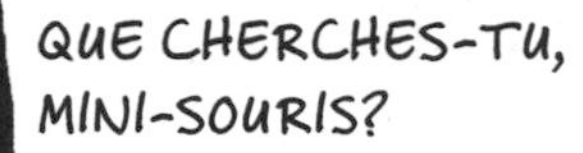
QUE CHERCHES-TU, MINI-SOURIS?

MES SOULIERS. J'AI DÛ LES METTRE QUELQUE PART.

REGARDE SOUS LE LIT.

FROUCH

SOULIER MÂCHONNÉ

FLIC

FLIC
FLIC

FLIC

LES CHIENS AIMENT MÂCHOUILLER, MINI-SOURIS.
ET MAINTENANT, QUE VAIS-JE PORTER?

PLUS TARD.
HA HA HA HA HA HA HA HA HA HA
ARRÊT
PFFF.

LE LENDEMAIN.
TIENS! MÂCHE ÇA AU LIEU DE MES SOULIERS!
OUAF?
CROIS-TU QUE ÇA VA FONCTIONNER, MINI-SOURIS?
OUI!!
APRÈS L'ÉCOLE.
COPAIN?
SOULIERS
TU VOIS, JE TE L'AVAIS DIT!
HEU, MINI-SOURIS?
QUOI?

ÇA A BIEN FONCTIONNÉ,
HEIN, MINI-SOURIS?

LE LENDEMAIN.
TU POURRAIS SUIVRE DES COURS DE DRESSAGE POUR LUI APPRENDRE À OBÉIR.
DE DRESSAGE? HUM...
BIENVENUE AU CIRQUE!

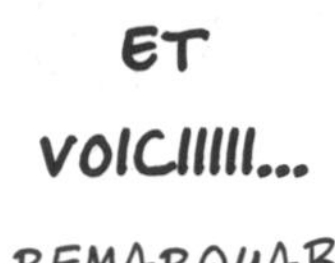
ET
VOICIIIII...
LE REMARQUABLE,
LE MAGNIFIQUE,
L'EXTRAORDINAIRE...

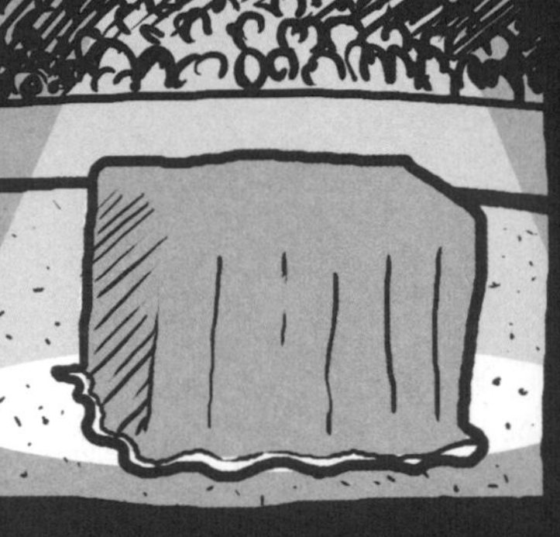

COPAIN!
FLIC!

CLAC!

SPROING!

OOOH!
WOUCH!

SWOUP!
TCHAC!
OOOOH!

OOH!
AAAAH!
OHH!

OOOOOHHHH!!!!!
PING!
COPAIN!
COPAIN!
COPAIN!

BOUM!

BING!

POUF!

HOP!

PIF!

HOLÀ!

PAF!

DE VRAIS ANIMAUX SAUVAGES, HEIN, MINI-SOURIS?

APRÈS L'ÉCOLE.
BIBLIOTH
CHEF DE MEUTE
ASSIS, MON CHIEN!
ÉCHOUER À L'ÉCOLE DE DRESSAGE
POUSS
DRESSAGE 101
MONTREZ À VOTRE CHIEN QUOI FAIRE.
LES ANIMAUX APPRENNENT PAR L'EXEMPLE.

ASSIS, COPAIN! FAIS COMME MOI.
TOURNE, COPAIN!
FLIC!
VA CHERCHER!

COMME ÇA!
GLOUP!
VITE! FAIS LA MORTE, MINI-SOURIS!

JE CROIS QU'ELLE NE T'A PAS VUE!
FLOU!

LE LENDEMAIN À L'ARRÊT DE BUS.
VA CHERCHER, MINI-SOURIS! NON, NON, ASSIEDS-TOI! MAINTENANT, TOURNE!
PFFF.

PLUS TARD.
LES GÂTERIES RENFORCENT LE BON COMPORTEMENT
HUM...
APRÈS L'ÉCOLE.
BON, COPAIN. ON ESSAIE ENCORE. JE TE DONNE UN ORDRE, ET SI TU OBÉIS, TU AURAS UN BON BISCUIT!
BISCUITS POUR CHIEN

NONOSSE

TOURNE!

VRRR!

TU AS RÉUSSI, COPAIN!
VOICI UN BISCUIT!
BISCUITS POUR CHIEN

PENDANT DEUX SEMAINES, MINI-SOURIS DRESSE COPAIN AVEC LA « MÉTHODE DES BISCUITS ».

LAVE!
CUISINE!
NONOSSE
NONOSSE
CALCULE!
BD
MATH

AU DÉJEUNER.

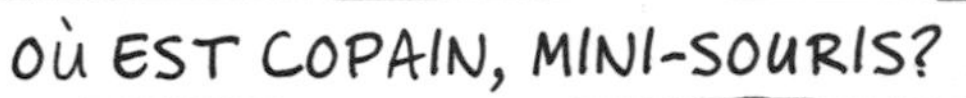

DIS DONC, TU M'IMPRESSIONNES, MINI-SOURIS.

TU T'ES BIEN OCCUPÉE DE COPAIN, MINI-SOURIS.
MERCI, MAMAN. JE VAIS L'EMMENER SE PROMENER.
QUEL BEAU CHIEN!
IL EST SI BIEN ÉLEVÉ!
MERCI!
OUI, JE L'AI DRESSÉ.
?

TE VOILÀ! JE T'AI CHERCHÉE PARTOUT!
OUAF!
HEIN?
ATTENDS, C'EST TON CHIEN?
OUI, ELLE CHASSAIT UN ÉCUREUIL ET SON COLLIER S'EST DÉTACHÉ. JE NE PENSAIS JAMAIS LA RETROUVER!

ELLE?

OUI, BELLA EST UNE FILLE.

MERCI D'EN AVOIR PRIS SOIN.
VIENS, BELLA!

MAIS, MAIS... ON A FAIT PLEIN DE CHOSES ENSEMBLE... ON FORME UNE ÉQUIPE! IL — JE VEUX DIRE, ELLE A APPRIS A ME RÉVEILLER LE MATIN. JE L'AI LAVÉE AVEC DU SHAMPOING AU THÉ VERT ET ELLE AIME LES BISCUITS...

IL TE RESTE LES POISSONS, MINI-SOURIS.
ÉVIDEMMENT.

2.19
1.79
LAIT
M'AVEZ VOUS VU?
BUBULLE N° 4
LAIT
M'AVEZ VOUS VU?
HAMI
LAIT
M'AVEZ VOUS VU?
TOM TORTUE
3.59

2.29
M'AVEZ
SALSA
LAIT
M'AVEZ
VOUS VU?
VÉNUS
LAIT
M'AVEZ
VOUS VU?
FURAX
LAIT
M'AVEZ
VOUS VU?
ARTÉMIAS
3.59

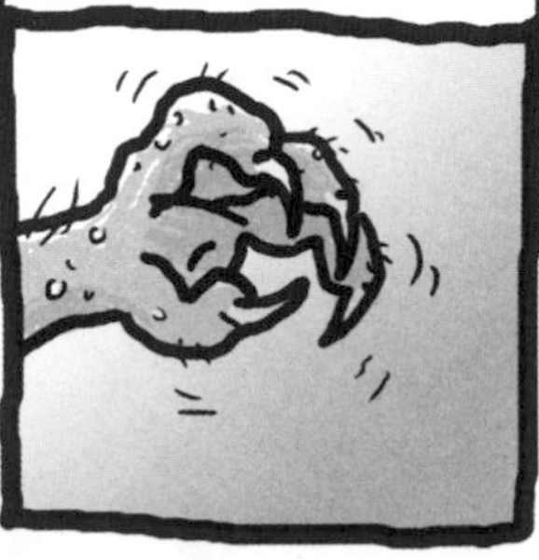

MINI-SOURIS : PRÊTE POUR L'HALLOWEEN

TU M'AS FAIT PEUR, MINI-SOURIS.

LES AMIS* DE MINI-SOURIS

*... OU ENNEMIS!